I Maiasauri
Questi dinosauri misuravano fino a 9 metri
di lunghezza e amavano la vita di famiglia.
La madre covava le uova e nutriva
i suoi piccoli nel loro nido.

Maia
La più giovane dei Maiasauri, intrepida
e coraggiosa.

Dinodoro
Il piccolo eroe di questa storia, arrivato non
si sa come nel nido di mamma Maiasauro.

Lo Stegosauro
La doppia fila di placche ossee sul dorso
gli davano un aspetto alquanto bizzarro.
Si nutriva solo di foglie tenere.

Deinonychus («artiglio terribile»)
Era un dinosauro che incuteva terrore,
famoso per i lunghi artigli a forma
di falcetto.

Per le piccole bambine coraggiose, per i bambini paurosi
e per tutti coloro ai quali questa storia piacerà.

Marcus Pfister

Dinodoro

Testo italiano di Patrizia de Rachewiltz

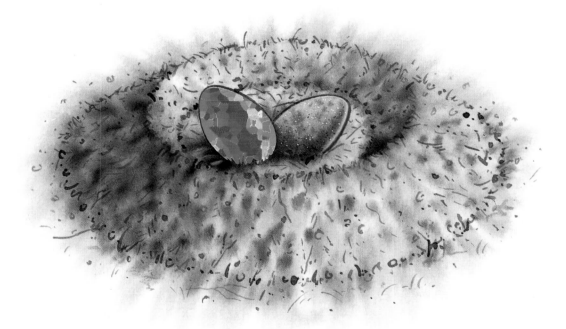

Nord-Sud
Edizioni

Mamma Maiasauro aveva fame e si era allontanata
per qualche istante in cerca di foglie. Al suo ritorno scoprì
nel nido una macchia di luce. Accanto al suo uovo,
a puntini grigi, brillava luminoso un uovo che non aveva mai visto
prima: sembrava un granello di luce caduto dal cielo.
Com'era arrivato fin lì?
Una settimana prima un giovane Deinonychus aveva frugato
nel suo nido e divorato le uova. Mamma Maiasauro era riuscita
a salvarne solo uno dagli artigli del terribile ladro. Quindi
si rallegrò di avere due uova da covare: «Col passar del tempo
potranno giocare insieme» pensò, chiedendosi chi poteva
nascondersi in un guscio così bello.

Quell'uovo misterioso incuriosiva molto i Maiasauri.
Tutta la famiglia aspettava con impazienza che si aprisse.
Fu l'uovo macchiettato che cominciò a screpolarsi per primo.
Una piccolina mostrò la punta del naso. La chiamarono Maia.
Poco dopo, anche l'uovo che luccicava si aprì e, a sua volta,
apparve un bebè dinosauro: era tale e quale a Maia, soltanto
un po' più piccolo, e sembrava non aver nulla di particolare.
Che delusione!
Ma quando il neonato si stiracchiò, sbadigliando, tutti i Maiasauri
lanciarono un grido di meraviglia: sul dorso, al sole, brillava
una cresta di luce, dai mille riflessi d'oro, ambra e argento.
Ci fu uno scompiglio, perché tutti volevano avvicinarsi e toccare
quella piccola meraviglia.

Il giovane dinosauro fu chiamato Dinodoro per la sua cresta luminosa. Lui e Maia divennero amici inseparabili.

Il tempo passò e ben presto entrambi furono abbastanza grandi per cercarsi il cibo da soli. Avevano il permesso di andare dove volevano, eccetto alla sorgente che si trovava nel territorio di Deinonychus e di Rex, il Tirannosauro.

Era assolutamente proibito avventurarsi laggiù da soli: i terribili predatori li spiavano ogni volta che andavano a bere con il branco. Questa terribile minaccia rendeva i pacifici Maiasauri molto tristi e preoccupati.

Una sera Maia andò a rannicchiarsi accanto al suo amico.
«Dormi?» gli chiese.
«No,» rispose Dinodoro. «Sto pensando a quello che la mamma ci ha raccontato questo pomeriggio, a quella sorgente in fondo a una grotta che un tempo apparteneva ai Maiasauri.»
«Anch'io ci sto pensando» disse Maia. «E dire che una volta i Maiasauri vivevano al sicuro, senza dover attraversare il territorio di Rex e di Deinonychus per andare a bere!»
«Eh, sì…» disse Dinodoro con un sospiro. «Se Cavernosauro non li avesse scacciati da lì, come sarebbe bella ora la vita!»
«Quel mostro ha rubato la nostra grotta e la nostra sorgente!» esclamò Maia arrabbiata. «Dobbiamo scacciare quel ladro!»
«Sì, ma come facciamo?» chiese Dinodoro sbadigliando.
«Ci penseremo domani» rispose Maia.

Il giorno dopo i due dinosauri si alzarono all'alba.
Come era loro abitudine andarono a cercare delle foglie
per la colazione:
«Siate prudenti e non fate troppo tardi!» raccomandò mamma
Maiasauro.
«Non ti preoccupare, mamma» rispose Maia facendo l'occhiolino
a Dinodoro. Non l'avevano raccontato a nessuno, si capisce,
il loro segreto.

Ed eccoli partiti verso la montagna. Dopo un'ora di cammino, si trovarono di fronte a un muro di grandi rocce appuntite. Poi, appena si misero a scalare le rocce, il terreno cominciò a muoversi sotto le loro zampe.

«Attento! Un terremoto!» gridò Maia che camminava davanti.
«Tienti forte!»

Dinodoro cercò di aggrapparsi a una sporgenza. Ma ci fu un'altra
scossa e poi un brontolio terrificante, e i due amici si trovarono
di nuovo a terra. Poi tutto si calmò.
«Ma cosa fate qui? Vi siete persi?» chiese un vocione vicino a loro.
Maia riconobbe la piccola testa del grande Stegosauro china
su di lei. Quel gigante gentile stava dormendo tranquillamente
dietro le rocce quando Dinodoro e Maia, senza accorgersene,
avevano cominciato a scalare le placche ossee del suo dorso!
«No, no,» rispose Maia «stiamo cercando da mangiare.»
«State un po' più attenti a dove mettete le zampe» disse Stego.
«Se vi arrampicate così sul dorso di Rex, vi succederà
una disgrazia!»

Da allora Maia e Dinodoro fecero più attenzione. Stavano camminando cautamente nella fitta foresta vergine quando all'improvviso i rami dietro di loro si aprirono. Maia si voltò e vide Rex, il terribile Tirannosauro, che si scagliava su di loro con un terrificante strepito.

Per confonderlo, Maia scappò in una direzione e Dinodoro in un'altra. Il Tirannosauro si lanciò all'inseguimento della cresta brillante e ben visibile di Dinodoro, e lui pensò che fosse giunta la sua ultima ora. Veloce come un lampo, si infilò in una macchia di folti cespugli e Rex cominciò a perdere terreno: i suoi grandi artigli restavano continuamente impigliati fra i rami spinosi.

Furibondo, il Tirannosauro finì per stancarsi e si allontanò
nella foresta. Solo allora, Maia uscì dal suo nascondiglio.
«Bravo Dinodoro, sei stato formidabile! Non ci prenderanno
tanto facilmente!»
Ma questa volta si erano veramente persi. In quale direzione
proseguire? Camminavano a caso nella foresta, stanchi e incerti.
«Vieni, riposiamoci un po',» suggerì Maia «ce lo siamo meritato.»
E si sdraiarono ai piedi di un albero.

«Fate pure il comodo vostro!» disse una voce fra i rami. L'albero aveva parlato! Stavano sognando? No, un Apatosauro abbassò la testa e si trovarono faccia a faccia. Avevano scambiato per un tronco una delle sue enormi zampe!

«Non abbiate paura, mangio solo piante» disse Apatos.

Rassicurati, Maia e Dinodoro gli confidarono le loro avventure.

«Ci siamo persi» disse Maia. «Vogliamo andare a vedere la grotta del Cavernosauro. Tu lo sai dov'è?»

L'Apatosauro scrollò il capo. Conosceva bene la grotta e il suo terribile abitante.

«Ehm, se volete dare un'occhiatina,» disse «posso mostrarvi la strada. Di giorno non c'è pericolo: Cavernosauro è un mostro delle tenebre, non sopporta la luce ed esce solo di notte. Comunque non avvicinatevi troppo! Lo Pterosauro vi porterà fin lì, è lontanuccio.»

Allungò il collo sopra la cima degli alberi e chiamò il suo amico.
Il rettile volante si posò su una roccia lì vicino e Maia e Dinodoro
si arrampicarono sul suo dorso.
«Arrivederci e tante grazie!» gridarono ad Apatos.
Lo Pterosauro spiccò il volo, si lanciò oltre il bordo del precipizio e
planò a lungo nel cielo. Poi, con un potente colpo d'ali, prese quota.
Arrivati vicino alla grotta, atterrò, fece scendere i passeggeri
e si allontanò, gridando con la sua voce rauca: «Passerò
a riprendervi fra un po' per riportarvi a casa. A presto!»
Ecco lì, davanti a loro, la famosa grotta! I piccoli dinosauri
si avvicinarono strisciando all'entrata e Maia si fece avanti
per dare un'occhiatina: accovacciato nell'ombra, vicino
alla sorgente, il terribile Cavernosauro russava.
«Aspettami qui, vado a esplorare i dintorni» disse l'intrepida
Maia e si mise a tastare nel buio. Dinodoro tremava dalla testa
alla coda. All'improvviso il mostro si svegliò lanciando un grido.
Si alzò ruggendo e sbarrò la strada a Maia: era intrappolata,
non aveva più via di scampo.

Dinodoro trattenne il respiro. E ora? Doveva salvare Maia!
D'un tratto si ricordò delle parole di Apatos: «…non sopporta
la luce…» Allora, senza esitare, Dinodoro si piazzò davanti
all'entrata, alzò la cresta luccicante per cogliere i raggi del sole
e rifletterli all'interno della grotta. Il dorso di Dinodoro luccicava
come uno specchio e la caverna si illuminò. Il Cavernosauro
urlò dal dolore. Terrorizzato, si coprì gli occhi e si lanciò
verso l'uscita ma, accecato dalla luce del giorno, in preda
al panico, andò a sbattere contro un masso e precipitò
giù in fondo a un burrone.

«Bravo, ce l'abbiamo fatta!» Maia e Dinodoro saltavano
e ballavano dalla gioia. Quando tornò, lo Pterosauro non riusciva
a credere ai propri occhi. Spiccò il volo per annunciare la buona
notizia a tutti: Maia e Dinodoro avevano liberato la grotta
e ritrovato la sorgente!

Era già buio pesto quando tutta la famiglia arrivò in cima
alla montagna. I nostri piccoli eroi avevano tante cose da raccontare!
Gli altri volevano sapere tutto e Dinodoro dovette ripetere più volte
come aveva sconfitto il terribile mostro delle tenebre,
grazie alla sua cresta sfavillante. Infine, stanchi morti, tutti e due
si rannicchiarono vicino alla loro mamma.
Ma, prima di addormentarsi, bevvero un gran sorso d'acqua
alla sorgente, limpida e pura.